시는
나의 인생
그리고
삶

시는 나의 인생 그리고 삶

초판 1쇄 발행 2019년 6월 5일
초판 2쇄 발행 2024년 9월 15일

지은이 권현택 | 펴낸이 이찬규 | 펴낸곳 북코리아
등록번호 제03-01240호 | 전화 02-704-7840 | 팩스 02-704-7848
이메일 sunhaksa@korea.com | 홈페이지 www.북코리아.kr
주소 13209 경기도 성남시 중원구 사기막골로 45번길 14, 우림2차 A동 1007호
ISBN 978-89-6324-657-4 03810
값 12,000원

시는
나의 인생
그리고
삶

권현택 지음

북코리아

내용

행복	9
깊어 가는 밤	11
사랑의 무게	12
사람이 그리울 때	14
단풍	16
빛님이시여!	18
오늘	20
티끌	21
퇴근길 가로등	22
파뿌리 사랑	24
사모	26
번지 없는 사랑	28
님아 그 강을 건너지 마오	31
나팔꽃	33
야메	35
내 사랑 고마웠어요	37
덮여 가는 인생	39
봄을 기다리는 마음	41
밤을 지키는 자	42
당신은 새 나는 나무	44

너는 누구니	46
기다리는 마음	48
친구야	50
설날	52
비어 있는 집	55
잘난 자나 못난 자나	58
사랑	60
바람 속에 피는 꽃	62
흐린 것을 버리면 스스로 맑아진다	65
만남	66
기도	68
애인	69
마음 안의 빈자리	71
당신과 나 사이 함께할 수 있는 인연	73
섬소년의 꿈	75
인생무상	77
임을 향한 마음	79
해바라기	81
흐르는 대로 그러려니 사소서	83
하얀 눈이 내리던 어느 날	84

목차

외로운 겨울꽃처럼 86
축구공 88
태풍 90
가을 91
아침 93
신기루 94
시심 96
동행 98
나야! 힘든 세상 함께 99
가을은 어디쯤 취하려고 101
아직도 로맨스가 필요해 103
아무렴 어떤가요 105
바다 건너 먼 곳에서 107
별이 빛나는 이 밤 나는 떠나간다 110
님이여 112
밤의 연가 114
모닝커피 하면서 117
그 누군가를 사랑하려거든 121
나와 함께 123
마음속 그대라는 사람 125

대출과 인생 127
그리워하면 뭘 해 128
확인과 확신 131
이정표 133
인생길에 135
그대 137
난 개똥벌레 138
내 말 들어 보소 사람들아 140
목 놓아 불렀더니 142
그게 나였어 144
그럼에도 불구하구 146
설화 149
당신의 마음 151
님에게 보내는 마음 153
끝자락에서 155
노을 157
비가 내리면 158
사랑은 160
그런 거지 뭐 161
가난과 행복 163

목자

하늘에서 떨어지는 말 165
진정 한 사람을 마음에 담는다는 것은 166
하나이자 마지막 사랑 168
힘이 되어 주는 하루 170
누가 묻거든 172
가을남자 가을여자 왜 175
밤은 나의 보금자리 177
당신의 희망 179
호들갑 181
바램 183
미워한다는 건 185
눈에서는 안 보여도 187
눈물과 바꾸고 싶지 않은 사랑 189
꿈꾸는 수평선의 선 191
거기 좀 봅시다 193

행복

행복의 첫걸음은
포기할 것에 대하여
내려놓으며

욕심을 버림으로써
자연스럽게
다가오는 것이
행복인 것이다

모든 것이
내 것은 아니며
모든 것을
가지려 하는 것이
바로 욕심인 것이며

그 욕심으로

내 것이 아닌 것을
가진다 하여도
행복한 것은 아니다

오늘 하루
욕심은 내려놓고
작은 행복이라도
만족하며

깊어 가는 밤

밤은 깊어 가는데
잠은 오지 않고
부끄럼 한 점 없는
별을 바라본다

고요한 정적
바람도 잠을 자고
풀잎 꽃 나무도 잠이 드는데
별과 달과 나는
창문 사이로 서로를 바라본다

너는 나를 보고
나는 너를 보며
서로 바라보고 있지
꽃의 질투를 받으며
어둠이 깊어 가는 밤에

사랑의 무게

보고픔은
어느 순간 찾아오고
보고픔으로 가슴이 아파 온다

그리움은
아무 때나 다가오고
그리움으로 마음이 아파 온다

기다림은
늘 이렇게 보여지고
기다림은 바람소리에도 아파 온다

사랑은
설레임이 모여서
기다림으로 바람처럼
다가오고

사랑은
바라보고 싶어서
보고픔으로 파도처럼
밀려오고

사랑은
만나고 싶어서
그리움으로 폭풍 속으로
들어간다

보고픔으로

사람이 그리울 때

바람이 가득 찼다
바람 빠진 풍선처럼
속이 빈 듯한 허허로움이
풀기 없는 겨울 들판에 부는 바람처럼
바람이 불 때가 있다

허물어진 집
기둥 없는 지붕에 매달려 있는 거미처럼
홀로 떨어진 외로움이
복받쳐 올 때가 있다

그런 날이면
사랑을 찾아 나선다
가슴에 온기가 차고
물기가 촉촉이 스미도록

그런 날이면
사람을 찾아 나선다
온정을 찾아 나선다

단풍

뜨거운 계절
아직 남아 있는데
저쯤 보이는 붉은 것
벌써 단풍이 드는 것인가

아니다 그건 아직까지
단풍이 아니다
뒤늦은 연정으로
타들어 가는 내 마음이다

폭염에
속으로만 키워 왔던 열 꽃
이제 막 꺼내어
태우기 시작한 거다

몸 하나 태우고

산 하나 태우고
온 세상 벌겋게 다 태우고
하얗게 말라
떨어지기 전까지는
식지 않을 마음이라

한 줄기 비 그리며
참고 지낸 시간
뜨겁게 익어 가면서도
기다려 온 계절이 있다

빗님이시여!

여름 한낮 햇살은 이글거리고
모든 것 삶아 내고 녹여 낼 듯
농부들 안타까운 심금마저도
기세등등한 태양에 고개 숙인다

골목길 어슬렁대는 멍멍이
기진맥진한 가로수 이파리
나른하고 지친 힘겨운 사람들
으르렁대는 태양에 고개 떨군다

하늘만 바라보는 천수답
건천 도랑 내고 관정을 파고
하느님에 간절한 기우제 올려도
타들어 가는 까만 농심 어이할까

흘러가는 무심한 구름아

이슬비도 좋고 가랑비도 좋다
먹구름 천둥번개 소나기는 더 좋다
하늘만 보고 탄식하는 농심을 아는가

빗님이시여!

오늘

오늘은
어제와 다른 오늘
내일은
오늘과 다른 또 하나의 오늘
단지 오늘 하루뿐

시간은 오늘로 시작해
오늘로 소멸되고
오늘로 다가온다.
우리의 과거도
우리의 미래도
우리의 인생도

티끌

내게서 자꾸
티끌만 찾지 말아 주세요
당신이 말해 준 작은 티끌도
내겐 너무 큰 아픔이고
상처가 됩니다
애써 못 들은 척 외면을 해도
나는 그 순간부터
처절한 전투를 치러 내야 합니다
살이 무르고 고름이 흘러
딱지가 앉기를 수없이 치러 내고
온통 상처뿐인 영혼이 되었습니다
당신이 말해 준 티끌이
한심한 사내에게 보내는
조소가 아니길 바랄 뿐입니다
너무 아파 견딜 수 없습니다

퇴근길 가로등

늘 그 자리 서서
어둠을 밝히는
거리의 파수꾼

땅거미
내려앉는 서쪽 하늘
빛을 끌어안고 춤을 추는
불나방의 여인인가

웃고 지나가도
울고 머물러도
흐트러진 불빛 아래
내 할 일 묵묵히 하는 당신

낮이면 눈을 감고
밤이 되도록

기다릴 줄 아는
친구가 되고 싶다

어디에서나 늘
두 손 꼭 잡고 가는
어둠의 동반자가 되고 싶다

파뿌리 사랑

반전의 극적인 사랑
드라마 같은 운명적인 사랑
애태우는 순애보 사랑
순정만화 같은 순결한 사랑

이 사랑보다
더 값진 사랑이 있다면
그 사랑은 백발이 되어도
함께하는 파뿌리 사랑이라

탕자처럼 집 떠난 사랑아
다시 돌아오기 너무 힘드니

사나 죽으나
좋으나 싫으나
내 생애

최고의 사랑은
파뿌리 사랑이어라

사모

얼마나 더 내 마음을
뜨겁게 달구고서야
차가운 당신의 마음을
녹일 수 있겠습니까

봄눈 녹아내리듯
당신의 마음도 녹아내려
나에게로 스며들었으면
좋겠습니다

얼마나 더 내 마음이
처절하게 외로워야
그리운 당신의 모습을
볼 수 있겠습니까

가슴을 쥐어뜯으며

외로움을 견뎌 내던 시간과
당신을 향한 그리운 나날들은
핏빛 멍울 되어 물들어 갑니다

얼마나 더 내 마음만
아픈 생채기가 곪고서야
진정 당신이 내게로 올 수
있겠습니까

번지 없는 사랑

버릴 수도 잡을 수도
지울 수도 없는
이 진한 그리움
그리움은
번지 없는 사랑이었나

아직도
당신을 담아 놓은 나라서 슬프고
혼자 차오르고 혼자 비워지는
당신을 향한 외로운 침묵과
오랜 가슴앓이 끝은
바람과 구름 되어
육신의 아픔만 여미어 온다

슬픔이 다른 슬픔에게 전이가 되고
그리움이 다른 그리움에

전이가 되어 물어봐도
외롭고 긴 기다림의 끝은
언제나 내 몫이었네
저편 너머 해질 무렵이면
자꾸만 뒤돌아본다

슬퍼질 걸 알면서도
없는 걸 알면서도
자꾸 뒤돌아본다
아시나요
당신은 내 스스로가 선택한
가장 아름다운
고객이었다는 걸

내가 그댈 그리워
평생 눈물 흘릴 눈물만큼
날 외롭게 한 이도 없건만
그래도
내 안을 비추는 그대를
사랑할 만한 중년의 나이기에

한번도
상처받지 않은 것처럼
내가 그대를 가슴에 묻고

내 안에 네가 묻힌
이 그리움이
이루어질 수 없는 것을
알면서도
번지 없는 사랑인 줄
알면서도 마냥 기다려 본다

님아 그 강을 건너지 마오

님소식 기다리며
먼하늘 바라보네
아득히 머나먼곳
산너머 바다건너
그리움 가득담아
내님께 보내오니
강산은 변하여도
내사랑 변함없네
을씨년 눈보라가
산천을 감싸돌고
건너편 뱃사공은
빈배만 젓는구나
너와나 해후하여
꽃피울 새봄오면
지난날 그리움은
눈녹듯 녹으리라

마을에 우는까치
희소식 오시려나
오늘도 먼산보며
님마중 가는마음

나팔꽃

아침 햇살에 숨어 버리는
당신은 무슨 꽃인가요
밤에 사랑을 하고
자리를 잡고 넉넉하게
새벽에 피어나

바람 불면 가볍게 쓰러지고
다시 일어서는 강인함
연약한 듯하나 강함으로
다듬어진 시간들

고난을 통과하고
당신은 누구시길래
아침 미소로 기쁘게 하루를
나팔 불어 주나요

밤이면 부지런히 움직이며
맑은 영혼 이슬 같은
눈빛 속에 조용히 피어나는 한 송이

넓은 세상 넝쿨 휘감으며 올라가
아침을 깨우는 당신 참 아름다워요

야메

인연이 싸다고
야메로 사지 마세요
그 인연 정품이 아니라서
반품도 수리도 안 된답니다

사랑이 싸다고
야메로 사지 마세요
그 사랑 진실이 아니라서
상처만 남기고 떠난답니다

우정이 싸다고
야메로 사지 마세요
그 우정 진심이 아니라서
분노만 남기고 떠난답니다

행복이 싸다고

야메로 사지 마세요
그 행복 정량이 아니라서
제대로 누리지 못한답니다

눈비 함께 내려와
보름달도 구름 뒤로
숨어 버렸나

달님아 야메로 숨지
마세요

내 사랑 고마웠어요

당신이
행복하길 바랄게요

내게 사랑의 의미를 알게 해준
당신에게 감사드려요

당신 때문에 많이 아팠고
당신 때문에 많이 슬펐지만
그 아픔도 슬픔도
아름다웠습니다

아픔이 슬픔이
아름다울 수 있다는 것을
내게 가르쳐 준 당신
그래서 당신을 사랑했는지도
모릅니다

당신 때문에 마음 아파
우는 날이 많았지만

그래도 나
당신을 사랑할 수 있어서
참 행복했습니다

당신 때문에
지금도 아프고 슬프지만
이 고통이 언제
끝날지 알 수 없지만
당신을 사랑하게 된 것을
후회하지 않습니다

이제는 당신이
아프지 않기를 바랍니다
이제는 당신이
슬프지 않기를 바랍니다
당신이 행복하기를 바랍니다

당신이 가장 행복한 사람으로
살기를 바랄 뿐입니다

덮여 가는 인생

덮여 가는 인생
걷어 낼 수 없는 세월
짓궂게 걸어온 길
슬며시 잠겨 간다

요로에 지친 인생
눈물 덮어 지웠건만
허물없는 거울인양
불쑥불쑥 튕겨지면

하늘 잃은 듯 넋 나가고
찌푸린 세상살이
어둠인 듯하구나
노래 한 곡 못 한 세월

물그림 그려 띄우고

다해 가는 세상살이
얼룩 지워 본들 얼룩인 걸

바람 뒤에 등불인가
바람 앞에 등불인가

호젓이 슬픈 길 외롭구나
지고 가는 님이여
해 지거든 따라오소

봄을 기다리는 마음

삭풍에 떨던 나무에
햇살 찾아들고
잎새 떨군 목련
새싹 틔워 오르면
봄이 오는 거라고

외로움이 떨던 나에게
설레임 찾아들고
잎새 떨군 고목 위에
종달새 날아 앉으면
봄이 오는 거라고

청춘이 오는 거라고
사랑이 오는 거라고

밤을 지키는 자

늦은 밤 깨어 있는 당신은 누구신가요
누구는 고단한 하루의 때를 벗기는 지금
잠 못 들어 뒤척이는 당신은 누구신가요

달 베개를 베고
은하수 이불을 덮고 누워
넘쳐 나는 감정에 복받쳐
이 밤을 지키는 당신은 누구신가요

별들의 아픈 사연 밤새워 읽는
당신은 누구신가요
혹시 당신과 같은 사연 찾으시는지
아니면 당신의 별을 찾으시는지

바람도 서러워 울고 있는 겨울밤
행여 흰 눈에 새겨진 임의 흔적 지워질까

이 밤을 붙들고 있는 것은 아닌지

그 어떤 이유가 되었든
이 밤을 저 별들을 지키는 우리는
당신은 고독한 목동인가요

당신은 새 나는 나무

당신은 새 같아서
이 나무 저 나무로 잘도 옮겨 다니지만

나는 나무 같아서
당신이 찾아오기만을 기다립니다

당신이 나에게 찾아오시면
나뭇가지가 새에 휘청이듯
내 삶이 송두리째 흔들리지만

무심한 당신은
뒤도 돌아보지 않고 날아가 버립니다

새가 날아간 뒤
나무는 빈 둥지를 안고
한겨울을 나듯이

당신이 떠난 뒤
나는 당신과의 추억을 껴안고
한세상을 삽니다

너는 누구니

오늘도 서산으로 넘어가는
너는 누구니

세상의 모든 일을 걸머지고
조용히 넘어가는
너는 누구니

하루 아쉬움을 뒤로하고
산 그림자로 옷을 갈아입으며
번다했던 세상을 아무 일 없었다는 듯
어둠으로 감싸 안기 시작하며
떠나가는
너는 누구니

번다했던 오늘과 세상을
고요히 숨죽이며

오늘과 내일을
그때나 지금이나
조금도 변함없이
서서히 고요히 살며시
서산으로 떠나가는
너는 누구니

아서라 석양아
내일 다시 오거든
그리움은
가지고 가려무나

기다리는 마음

얼마를 더 기다려야
그대 환한 웃음 빚어 낸 온갖 부조리들

아직 마음의 준비가 되지 않았다면
좀 천천히 오셔도 기다릴게요

기다리며 참는 동안에
저도 한 뼘 정도 품위를 기르겠어요

인내는 쓰다
그러나 그 열매는 달다고 하셨죠

우리의 소중한 인연을
너무 값싸게 치부 말고 사랑을 쌓아요

언젠가 그 언젠가

그대가 나를 보러 오셨을 때

우리 가슴에 맑고 투명한
애오라지 사랑 하나로 기다리겠어요

서두르지 말고 천천히 오세요
그 시간에 저도 사랑을 배우고 기다릴게요

친구야

얼마나 많이 힘든지
얼마나 많이 아픈지

얼마나 많이 외롭고
얼마나 많이 화가 났는지

화장을 하지 못한
내 뒷모습이

가면을 쓰지 못한 채
어느 날이던가

말을 알아듣기 시작한다
어디를 보고 살았기에

까맣게 보지 못한

갱년기 돌부리에 넘어지다니

느리게 다가오는
내 삶의 무게

얼마쯤 가야 허덕임 없이
그곳에 도달할 수 있을까?

맑게 티 없이 주는
사랑을 하는 친구야

네 마음에 내 작은 마음도
살며시 올려놓고 싶은 날이다
아프지만 말자

너도 나도
아름다운 친구야

설날

설날입니다
여기저기 흩어진 가족들
한데 모이는 날입니다

지난 한 해 동안 쌓아 온
숱한 사연들
서로의 가슴에 풀어놓는 날입니다

있고 없고
많고 적음이 아니라
지금 그대로의 모습으로 만나는 것입니다

설움도 함께
기쁨도 함께
등 두드리고 토닥여 주며
살아온 얘기들에 귀 기울여 주는 날입니다

지난날의 아픈 기억이 떠나지 않고
살아갈 날들에 대한 두려움이 엄습해 와도
눈에 보이지 않는 것을 말하지 맙시다
지금 이렇게 함께할 수 있음을
감사하게 생각합시다

앞서 고향으로 달려가는 건
선물이 아닙니다
관심과 배려 위로와 사랑입니다

그저 이름만 불러도
눈물겨운 것을
이렇게 생각만으로도
가슴이 뜨거워지는 것을

참 많이 보고 싶었습니다
언제나 어디서나 한 날 한 시도 잊은 적 없습니다
사랑합니다

그보다 더한 선물이 있습니까
행복하십시오
많이 웃고 즐거워하십시오
평생토록 잊혀지지 않는
즐거운 시간 되시길 바랍니다

그리고 우리
큰 꿈 큰 희망을 가집시다
새해 새 희망으로 솟아나는 태양처럼
그렇게 뜨거운 열정으로 시작합시다

간직한 꿈들마다
꽃망울 터지듯
활짝 피어나는 한 해가 될 것입니다
생각대로
마음 먹은 대로
이루어지는 새해가 될 것입니다

비어 있는 집

누군가
살아계셨습니다
금방 어디에선가
숨소리가 들릴 듯한데

손발이 머물던 곳엔
차가운 겨울 남겨 둔
해미 진 콘크리트만
버티고 있습니다

빈집 눈물을 삭이던
어머님

바람에 날려 조각난
하얀 화장지 다 못 쓰시고
떠나가실 때

전과 혼만 남겨 두세요
눈물로 간절히 빌었습니다

쌀밥을 그리던
이웃들의 배고픔
가난한 고향의 메마른 젖가슴
사랑이나 보탤 걸

어머니 얼굴만 남겨 두고
우린 그대로 떠납니다

정월 초하루
운수대통하여라
축원하시던 쉰 목소리 사라지고
초라하고 낡아진
어머님의 흔적들

장독 위에 새하얀 눈
손수 걷으시고 된장 고추장
싸주시던 그 손길 온정
이제는 느낄 수 없지만

싸락눈만이 고향의 어머니
처량하고 애처로운 기억이 될지는 몰라도

어머님의 흔적 못난 저희들한테
베풀어 주신 사랑 은혜
다시 만나 뵐 때까지
잊지 않겠습니다

어머니
존경으로 섬겼던 인사 대신
이젠 어머님 넋만을 기다릴 수 밖에 없는
못난 자식들 용서 하시고

이젠 하늘나라에서
하시고 싶으신 것 있으시면
훨훨 나비처럼
맘껏 다니시면서
행복하고 행복하게 편히 쉬기를
기도합니다

어머니 고맙고 감사했습니다
그리고 사랑합니다

잘난 자나 못난 자나

잘난 자나 못난 자나
유식이나 무식이나
있는 자나 없는 자나

인생길 문 열고 응애 할 때
문고리에서 손 내밀기 전에

세상 문이 잠기고 마는
짧은 우리 인생인데

유 자 붙은 인간이나
무 자 붙은 인간이나

세상 속에 잠시 머무는
여행길에 맑은 물
구정물에 발 빠지든

금싸라기 물에 손 담거든

어차피
손에 쥐고 가는 건
빈 수레에
먼지일 뿐인데

설마 요단강 건너는 길
입에다 보석 물고 가려고

그리 모나게 살까
남는 것은 아무것도
없는데

사랑

밤하늘 별처럼
쏟아지면 좋겠어

매일 메아리 되어 귓가에
맴돌았으면 좋겠어

그리움 바람 되어
속삭였으면 좋겠어

보석처럼 빛나는 눈망울
종일 나만 바라봤으면 좋겠어

새벽잠 못 이루고
뒤척이는 이유가 나였으면 좋겠어

통화 중 가슴 떨려 버벅거려도

온화한 미소로 보듬어 주면 좋겠어

짧게 남은 생 당신과 나
행복의 꿈 꾸었으면 좋겠어

바람 속에 피는 꽃

나는 알고 있어요
당신이 얼마나 어렵게
바람소리에 눈물 흘리며
피는 꽃인지

봄이 오는 길목에
새롭게 피어나리라는 것을
그리고 그 세찬 바람 속에
꽃잎을 터트려 생동감 있는
삶을 주리라
말하는지를

나는 알고 있어요
추운 겨울 속에 나를 찾아
좋아했음을
한 송이 꽃을 피우기 위해

그렇게 붉었던 당신의 사랑을

봄을 잊지 않고 찾아올 것을
그래요
당신은 약속이나 한 듯
나를 찾아 줄 것을
봄이 오는 곳은 혼자 많이 기다리지
않아서 쓸쓸하지만은 않는
겨울날이었습니다

나는 알아요
바람 속에 한 송이 꽃을
피우기 위해 모진 바람 속을 견디며
나를 사랑했다는 것을
보잘것없는 나를 위해
눈 속에서 나를 사랑했다는
사실을
그래요
봄은 혼자만의 소망이 아닐 거예요

나는 알고 있어요
기나긴 세월보다 더 많이 기다리며
바람 속에 피는 꽃을
봄이 오고 있다는 그곳을

당신의 작은 마음이
살아 숨 쉬고 있다는 것을
오늘도
여전히 봄을 안내하는
바람은 꽃이 된다

흐린 것을 버리면 스스로 맑아진다

흐린 것을 버리면
스스로 맑아진다

물은 물결이 일지 않으면
스스로 조용하고
거울은 먼지가 끼지 않으면
저절로 밝다
그러므로 굳이
마음을 맑게 하려고
애쓸 필요가 없다

흐린 것을 버리면
스스로 맑아질 것이다
또한 굳이 즐거움을 찾으려
애쓸 필요가 없다

괴로움을 버리면
저절로 즐거울 것이다

만남

어제 만나도
오늘 만난 듯
오늘 만나도
어제 만난 듯

만나야 할 인연이든
그렇지 않든
우리는
만나야 한다

만나서 물처럼
섞이고 흘러서
어느 강 모래언덕에 닿아
고이고 다시 흘러야 한다

네가 물이든

내가 물이든
하나로 둘로
다시 합쳐 하나로 될 때

비로소 인간은 혼자가
아닌

더블어 가는 삶이란 걸
느껴야 한다

인연의 길에

기도

바람아 멀리멀리 가거라
나 좀 쉬게

사랑아 멀리멀리 가거라
나 좀 쉬게

그리움아 멀리멀리 가거라
나 좀 쉬게

젊음아 멀리멀리 가거라
나 좀 쉬게

계절아 너도 함께 가거라
보이지 않게

애인

바람이 일렁이니
마음도 일렁이고
그리운 님 그리워
마음을 더듬거린다

빈 마음 빈 육체
참사랑은 간 곳 없고
외로움에 허상만
덥석 삼키고는
뱉지도 삼키지도 못하는
괴로움

진실된 사랑을 탐하나
거짓된 육체만 탐하는
동물성 본성

허상이다
허상이다
그래도 그리움이
마음속의 애인을
더듬거린다

마음 안의 빈자리

눈에서 멀어지면
마음에서 멀어진다지만

눈에서 마음에서
멀어진 그대
그림자 찾아 나섰습니다

아무런 이유 없이 좋아
네 곁에 머물고 싶어
모른 척 외면하며
애정으로 내 안에 널 넣었지

눈앞에서도
보고픈 그대 마음 안에 담고
동하지 않는 마음
잡지 못해 보내 드리니

언제든지 나 찾아와
편안하게 쉬었다 가도록
그대 위한 포근한 안식처
마음의 자리 비워 두고 기다릴게요

당신과 나 사이 함께할 수 있는 인연

우리 서로 만났으니
인연이라고 하겠지만
살면서 때로는
만남도 피의 눈물이 되지요

서로가 서로를
알아 가면서 이해도 하겠지만
그런 시간이 길면 길수록
마음의 상처도 깊어만 갑니다
끌려 하거니 버티려 하거니
지칠 수밖에 있나요

어차피 함께 갈 길이면
손잡고 웃으며 함께 가야지
오순도순 달콤하게 살아도
너무나도 짧디짧은 우리네 인생

담을 수도 쥘 수도 없는
자존심 버리고 살아요

맘에 들지 않아도
속상한 일 있어도
편하게 토닥토닥 이야기하며
우리 살아요

한번 가면 다시 없는 생의 흔적에
아픔으로 새겨 두지는 말고요
아울러
추억 속에 고이 접어 두어도
아름다운 인연으로 남을 수 있게

섬소년의 꿈

빛바랜 머릿속이
그리운 사람 하나 기억하고
넓은 하늘을 도화지 삼아
흰 구름 눈썹에

먹구름 눈동자에 그려 놓고
붉게 물든 노을 입술 위에
동이 트는 안개 머릿결
찰삭 대는 파도소리에
미소 지어 보네요

흰 꽃송이를 별들 사이에 심고
푸른 메밀꽃 향기를
오로라 끝자락에 놓아 보니
꿈속으로 빨려 드는 행복한
시선은

밤 깊어져 새벽이 오는 줄도
모르고
해녀들이 쏟아 올린 빛으로
담벼락 고양이 은밀한 사랑이
엿보이네요

나 꿈속의 왕자인가

인생무상

나 죽으면 먼지 되어
흔적 없이 사라짐이라

왜 그렇게
삶에 큰 공을 들이는가

이기적인 마음
서로서로 감추고
내 마음도 속임이라

이름 남긴 자도 죽었고
이름 없는 자도 죽었다

이 세상 것은
모두 부질없어라

영원히
죽지 않을 것처럼
아등바등 사는 사람아

더없이
사는 것이
인생무상이라

임을 향한 마음

산들산들 부는 바람
더위는 어딜 갔나
부는 바람 그리운 임
하늘에는 푸른 비단
들판에는 황금비단
산에는 들꽃이요
길에는 코스모스

임 향한 마음들은
임을 향한 마음 모아
몸단장에 바쁘구나
산에는 산여울
강에는 강여울

눈물샘이 터졌구나
풀벌레의 노랫소리

임 향한 마음 모아
합창단이 모였구나
임 향한 나의 마음
표현할 길 전혀 없어
속눈물을 삼키는데
풀잎마다
가지마다
이슬이 맺히누나

푸른 마음
고운 얼굴
몸단장에 하고 나니
뭉게구름 두둥실
그리운 내 임
이곳에도 고운 얼굴
저기에도 예쁜 얼굴
오실 임께 드릴 선물
마음속에 담고 보니
가을의 속삭임이 벌써
10월을 맞는구나

해바라기

인간을 사랑한 헬리오스
그는 태양의 신이었다
레우코토에는 페르시아 공주였는데
헬리오스는 레우코토에 한눈에 반했다
둘은 깊은 사랑에 빠진다

헬리오스를 사랑한
님프 클리티에는 질투에 눈이 멀어
페르시아 왕에게
고자질을 했다

헬리오스의 사랑은 비극으로 끝났다
레우코토는 살아 있는 채로 매장을 당했고
헬리오스는
신들이 마시는 암브로시아를
붓자 향기와 더불어

그곳에서는 한 그루 나무가 자랐다

헬리오스는 레우코토를 못 잊고
클리티에는 헬리오스를 못 잊어
점점 시들어 꽃이 되었다
꽃이 되어도
태양의 신인 헬리오스를 보기 위해
고개를 움직인다

태양의 신 헬리오스를 사랑한
클리티에가 변한 이 꽃이 해바라기다
오늘도 해를 따라 움직이는
커다란 해바라기 꽃이
태어난 신화를 이야기하다

흐르는 대로 그러려니 사소서

세상을 살면서
이래야만 한다거나
꼭 그래야만 한다고
고집을 피워 본들
좋은 일 있고 없고
따지지 말고
도리를 따르되 치우치지 말고
긍정적 생각을 지닌 채
상대방을 배려하고 생각하며
여유롭게 사소서
당신의 삶이
달라질 수 있으니
그러려니 사소서

하얀 눈이 내리던 어느 날

하얀 눈이 내리던 어느 날
살며시 내게로 걸어온 소녀

도심의 삭막한 그늘진 달빛 아래
힘겹게 홀로 서 있는 모습에
내밀었던 손마저 부끄러운 듯 밀쳤으나

어느 날 살며시
가슴 모퉁이에 자를 터고
소년은 시인의 길을 다시금 걷는다

가녀린 소년은 강한 척
세상에 투혼을 던지지만
메아리 되어 오는 무지개 빛깔처럼
울음바다를 건고 마는
여린 심성은 어쩔 수 없나 보다

수많은 꽃들을 마음에 담아도
향기 없는 꽃이 가슴을 뛰게 하겠는가
소년의 순결한 감성이
시인의 길로 다시금 제자리로 나서게 하네

가슴이 뛸 때

외로운 겨울꽃처럼

하얀 꽃
세상에서 가장 아름다운
겨울의 눈꽃송이

가장 외로운 꽃이 되어
나무 가지마다 늘어지게
핀 꽃이 눈꽃

아름다워도 향기 없고
탐스러워도 벌과 나비가
찾아 주지 않은 외로운 꽃

그래서 햇살에 약한 눈물만
흘리고 있나 보다

두 손으로

한 줌 뭉쳐서 냇가에 흘려
보내면은
눈꽃을 찾는 벌과 나비가
나를 찾을까

띄워 보내긴 하지만
차가운 눈꽃이 냇물에
떠돌다 돌과 나무에 부딪혀
흐르는 걸 보면
외로움에 몸부림치는
나의 모습이기도

축구공

작고 둥근 것이 무슨 힘이
그리도 강할까
동글동글 굴러 다니며
전 세계를 움직이는 너의 마력

너로 인해 화합하기도 하고
긴장하게도 웃게도 하는 너

푸른 잔디밭을 누비며
너와 함께 즐기는 한판게임
너의 마력은 어디서 나올까

동그랗고 모나지 않은 너라서
모든 이가 너를 사랑하나 보다

골키퍼가 있어도 아랑곳하지 않고

슛 골인
힘차게 들어가는 너
함성이 터진다 기쁨과 전율의 함성

작고 둥근 매력쟁이
너와 함께 푸른 잔디밭에서
힘차게 즐겨 본다

태풍

참을 만큼 참았네
극으로 치닫는 분노
보이는 것 없어
무조건 흔들고
떼어 내고 마구 쏟아부어
모두 날려 버리고 싶어
적당히 어영부영하지 마
진실이 아니면 가만두지 않겠어
내 아니면 근심 걱정의 구름
더러운 구정물 녹조 미세먼지
어찌할 수 없는 이 환경오염
누가 치우랴
조금 긴장하고 잠시만 기다리게나
맑고 푸른 새 세상 만들어
멋진 가을 보게 해줄 테니

가을

해님처럼
뜨거웠던 여름 날씨도
산들바람에 한발짝 물러나
어느새 가을걷이에
해바라기 꽃도 고개 숙인 채
나를 쳐다보네

언덕길에
코스모스 꽃몽우리 맺히면
살랑살랑 어깨춤 추는 코스모스
가을바람에
낙엽 떨어지는 오솔길

도토리 뒹구는 소리 들려오면
날다람쥐 날아와 냉큼 입에 물고
가을낙엽 소리에 묻혀

어디론가 사라지면
나뭇가지 사이를 걷는

한가위 보름달을 찾아
둥근 달 속에 내 마음을 걸어 두고
둥글게 둥글게
욕심 없이 살겠노라고
달님에게 내 마음을 비춰 보네

아침

가을 아침은 귀가 먼저 잠을 깨고
눈은 기지개 펴는 온몸과 더불어 깨어나기에
가을 향은 귀로 들어야 하고
아롱 달린 이슬은 비로소 손끝으로
느껴야 한다

가을 아침은 데생을 그리듯
천천히 창가로 오고
밤새 흙길로 흐른 빗물을
풀잎에 영글게 하기에
조급하지 않게 천천히 바라봐야 한다

가을 아침은 생각이 자라 추억이 되고
공감대가 커지는 실한 마음이
그 생각의 마지막 퍼즐 조각이니
꽉 찬 생각에도 여백을 남겨 둬야 한다

신기루

하루가 시간을 일용하고
도용된 어제가 눈을 뜬다
재생되는 사계로 한 해가 가고

간이역에 멈춘 기차는
서 있는 시간을 놓은 채
평행을 그으며 무한화서를 피운다

꿈쩍도 하지 않은 선로는 침묵의 힘
평행의 침묵의 힘
탈선은 용납되지 않는다
시간의 오차만큼 조이며 달릴 뿐

저 멀리를 보면 한 점
그 합일을 향한 소용없는 랠리는
계속되겠지

나를 정체케 하는 이유는
좁혀지지 않는 두 철선
침묵의 순열

오늘도 평행을 보며
한 점으로 만나는 것을 꿈꾼다

반복되는 새벽녘 문턱에서도

시심

시를 알아 갈수록 절망하고
천박한 얕음에 깊어지는 시름

하루를 위해 삼 년을 물속에서 기다리며
스물다섯 번의 허물을 벗는 하루살이
바람과 볕과 얼음의 고통을 견디고 피는 꽃
가시를 세운 사막의 선인장 속에 가득한 눈물처럼
강한 척 걸어온 사내는 오히려 슬픔이다

깨어 있다고
어둠 속이 홀로일까

숨겨진 것을 찾아내고
진리를 밝히는 길이
고통뿐일지라도
숙명처럼 걷는 일

절망하고 바닥까지 추락하며
기어서라도 가고야 말 길

살아남기 위해 제 몸 말려 겨울을 준비하는 나무 되어
이 고독 속에서 자신을 비워 내며
언젠가 기쁨의 노래를 부르리라
눈물의 꽃을 피우리라
그리고
한 편의 시를 지으리라

동행

홀로서 가는 이 길
힘겨워 울지라도
내일의 희망 품고
사막을 횡단하듯
당신을 사랑합니다
고백하며 걷는다

오지를 가는 발길
별빛을 수놓으며
불혹의 오아시스
그대를 그리면서
이 순간 행복합니다
가슴 활짝 여는 아침

나야! 힘든 세상 함께

나야! 힘든 세상 함께
살아 줘서 고맙다
나야! 니가 나에게 희망이야
나야! 더 잘해 주지 못해
미안하구나

나야! 많이 힘들었지
내 손아 내 다리야 내 몸아
오늘도 함께 살아 줬구나
많이 힘들었지

나야! 고맙다
내 마음아 참 미안해
부정적인 마음과 때론 힘들고
어려운 생각과 마음으로
나를 가끔 힘들게 했구나

미안해 마음아
오늘도 힘든 세상 함께
살아줘서 고맙다
나는 나를 앞으로 더 사랑할게
나야! 우린 매일매일
좋아질 거야

나야! 오늘도 소중한 나야
매일매일 소중한 나야
난 너를 사랑한단다
나야!
그래 주인공이 바로
당신이라는 걸
잊지 마
건강이 최고라는 걸
꼭 잊지 마

가을은 어디쯤 취하려고

술은 첫잔에 취하고
사람은 마지막 잔에 취한다
했는데
이 가을은 어디쯤 취하려고
순간순간 이리 말도 없이
깊어진 색조로
시간을 채워 가고 있는 걸까

낯설어 어릿함을 주던
한여름 한계치가
곰삭을 가을에 내준 자리에는
생각과 기억이
얼추 다 들어찼고

창가에도 눈가에도
흐르는 음악 사이에도

가을 감성이 이미
밀물처럼
밀려왔음을
설마 모르는 건 아닐 테지

아직도 로맨스가 필요해

매일 아침 눈을 뜰 때마다
감사합니다
당신을 볼 수 있는 하루를
열어 주셨으니

매일 밤마다 감사합니다
당신과 함께하는 꿈을 꿀
시간을 주셨으니

아침을 기다리며 많이도
설레게 되는 그 느낌을
알게 해줘서 얼마나 행복한지
모릅니다

이 모든 기간이 내게 일어나는
변화들이 새롭게 피어나는

봄처럼 아름다운 것은
나만의 당신이 있기
때문입니다

오늘도 사랑할 수 있는 당신이
있음에 맛있는 세상을
맛봅니다

아무렴 어떤가요

아무렴 어떤가요

겨울이 지나면
이렇게 봄은 오는데
당신이 흘린 눈물자국에
이렇게 새싹이 돋는데

아무렴 어떤가요

이렇게 한세상 어울려
울고 웃는 인생인데

아무렴 어떤가요

그대 곁에 따뜻한 온기는
없어도

그래도 아직
사랑하는 마음 있는데

바다 건너 먼 곳에서

바다 건너 먼 곳에서
그대에게
편지를 쓴다

오늘도 나는
육지 건너 그곳에서
보내지 못한 편지를 쓴다
그대를 생각하면
가슴은 쩍쩍 금이 간다

그대는 한 송이 구름꽃
잊으려 하면 이유도 없이
하얀 시간이 가득 차고
떠도는 창공엔 바람이 불고
솜사탕 같은 구름꽃이
저 무수한 계절 속에 떠돈다

흐르듯 겨울이 와

혼자란 인식과
시간의 울림 속에
만날까 두려움과 불안감에
살며시 눈 감는다

어젯밤에 그대 그리워
아침에 일어나 하늘을 보니
눈물 자국이 마르지 않았기에

또 보내지 못한 편지를 쓴다
이제는 누군가를 만나야 할 만큼
중년이란 외로운 무게를 지녀
속으론 가끔 눈물 흘리며

살아가고 애타게 그리워하고
성숙되어지는가 보다
만나고 헤어지는 일상의 언어
한때는 허공으로 울리고

인연은 잠자는 바다로 가고
나를 존재하게 하는 것은
앞으로 남았을 그리운

시간뿐이다

사랑한다는 말도 거추장스럽고
불러도 그리움만 더하는 그대여
오늘도 보내지 못한
편지를 쓴다
그리운 그대여

별이 빛나는 이 밤 나는 떠나간다

별이 빛나는 이 밤
나는 떠나간다

너무 예뻐서
온몸에 흠뻑 젖은
밀려오는 그리움을
품에 안고

밤하늘에 별만큼이나
반짝이는
당신의 향기를 찾아

가까이 다가가면
숨이 멎을 듯

생각만 해도 행복한

가슴이 뛰는

한없이 곱게 예쁘게 물든
그리움이 손짓하는
너에게로

그리움에
푹 빠져 보고 싶은

별이 빛나는 이 밤
나는 떠나간다

님이여

어젯밤
꿈속에
님 만나 손잡고
꽃길 걸으며
고운 얘기 나누려
잠을 청했지

가시 많은 장미는
왜 그리도 많은지
찔릴까 아플까 노심초사
이 몸 행여 다칠까
우리 님도 노심초사다

이 몸 행여 나으면
우리 님 보듬어 업고
님 가자는 데 갔으면

어찌 아니 좋은가

달빛 아래 핀
가시 많은 장미는
곱기도 고웁소
가시에 찔려도 좋으니
보고픈 우리 님
꿈속에라도
덥석 안아 볼까?

뼛속까지 스미는
그리움 속에
나에게 남은 건
님이 남긴
꽃씨 하나뿐

오늘 하루도
우리 님 보고픔에
뒤돌아본다

밤의 연가

서산마루에
걸터앉았던
해님이 사라지자

오늘도 어김없이
밤이 찾아들었다

낮에는
애써 참았던 님

그리움이 밤만 되면
또다시 내 가슴을
흔들어 습관처럼

창밖을 내다보게
만든다

내다본들 무슨 소용이랴

님의 얼굴
비춰 줄 달도 뜨지
않았고

님 대신 함께 속삭일
별 하나 뜨지
않았는걸

에휴
봄풀이라도 돋았으면
바람에 실려 오는
누군지 알 수 없는
풀벌레가 부르는
밤의 노래 들으며

님 그리움을 달랠 수
있을 텐데
밤은 점점
깊어만 가고

미세먼지 무리만
마치 제 세상인 양

깜깜한 밤하늘을
휘저으며 다닌다

모닝커피 하면서

영원한 건 없지만
사는 동안은 함께라는 것

인생길 가노라면
누구나 힘이 들고
지칠 때가 있습니다
그 힘든 길 동반자가
있다면
조금은 위안이 되겠지요

그대 위해 동행하며
말벗 되는 친구이자 벗이
되어 줄게요
잠시 쉬었다가 힘내어
갈 수 있도록
내 어깨를 내어

주겠습니다

때로는 인생의 여정이
험난하여
포기하고 싶어질 때
손 내밀어 잡아 주는
따뜻한 가슴으로
다가가 동반자가
되어 주겠습니다

그대 위해 무거운 짐 다
짊어지고 가더라도
함께라면 웃음 머금고
불평하지 않는 걸음으로
그 길을
동행하는 인생길 묵묵히
가겠습니다

서로 바라보고
웃을 수 있는 마음 있다면
비바람 불고 눈보라가
몰아쳐도
그대와 함께라면
거뜬히 헤쳐 나갈 것입니다

그것만으로도 참 좋은 동행이지
않습니까

가끔 어두운 벼랑으로
떨어진다 해도
그것이 우리의 길이라면
다시 오를 수 있도록
주저함 없이 내 등을
내어 드리겠습니다
같이 웃고 우는 인생길입니다

서로를 아끼는 마음으로
뜨거운 눈물 한 방울 흘릴 수 있는
따뜻한 가슴 하나 간직하면
그 삶이 행복한 삶이지 않습니까

서로가 서로를 감싸 안는 중년의
사랑 하나 있으면 함께 가는 인생길
서러운 것도 힘든 것도
헤쳐 나가지 않겠습니까

우리 그 길을 함께할 수 있으면
크나큰 행복이요
좋은 인연 아닐런지요

마지막 죽음의 다리 건널 때
당신과 함께했던 길
당신이 있어 행복했다는
말 한마디 할 수 있었으면 합니다
서로 해줄 수 있다면 이해타산
따지지 말고 배려와 사랑으로

그 누군가를 사랑하려거든

그 누군가를
사랑하려거든

먼저 나
자신부터
사랑해야 합니다

내 몸이 건강치 않고
영혼마저
비틀거리는
그런 상황에서

다른 사람을
사랑하며
감싸 주려는 생각은

중증 환자가 의사를
걱정하는 것과
다를 바 없는 넌센스에
불과할 뿐입니다

나 자신이 나를
사랑하지 않고
방치하고 있는
그런 상황에서

어찌 다른 사람을
온전하게
사랑할 수 있겠는지요?

나 아닌 다른 사람을
사랑하려거든
우선 나 자신부터
사랑해야 합니다

나와 함께

잠을 깨우소서
아침입니다

영혼을 깨우소서
봄날입니다

하늘엔 반달이
어스름 새벽 지키고

그 새벽길 따라
하루를 걷습니다

사랑하는 이여
오늘 하루 저와 함께
행복한 동행

함께 걷고 싶지 않으십니까
봄향기 가슴에 담고

마음속 그대라는 사람

언제나 어디서나 당신은
내 마음속에 가득합니다

당신을 볼 수 있는 시간이나
볼 수 없는 시간 속에서 있어도
늘 당신은 내 맘속에 가득합니다

당신과 함께했던 순간들이
너무도 고귀하고 소중하기 때문에
당신이 힘든 현실을 살아가도

당신을 바라보며 함께 힘들어하고
당신이 아픈 마음에 상처가 났다면
곁에서 사랑의 힘으로
치료하고 싶습니다

당신이 힘든 결정을 짓고
어려운 난관에 부딪혀
벼랑 끝에 서 있다 해도

당신과 함께 벼랑 끝에서
아픔을 나누고
고통을 나누고 싶습니다

당신은 내 맘속에 가득하기 때문에
당신의 모든 걸 사랑하고
당신의 모든 걸
감싸 안고 싶어집니다

당신의 힘든 시간 속에 방황할 때
어둠의 길잡이가 되어
당신을 안내하고 싶습니다

대출과 인생

인생은 대출과 같아
태어날 때 빌려 온 삶을
죽을 때 갚는 게 인생이다

그대는 이자도 없이
삶을 빌려 준 누군가에게
감사해 본 적이 있는가

조건 없이 받은 삶이라고
함부로 삶을 낭비하지 마라
그러면 그 삶에는 시련이란
높은 금리의 이자가 붙는다

삶의 대출은 연장할 수 없으니
단 한 번 빌려 주는 네 삶을
또 다른 삶을 이롭게 하는 데 쓰라
그게 삶을 빌려 준 이의 참뜻일 테니

그리워하면 뭘 해

가슴이 시리다 못해
퍼런 멍이 들도록

그리워하면 무얼 하나
떠나 버린 그 님은

핸드폰마저
컬러링만 고요를 깨며

반복해서 들려오는데
서산에 해님이 걸려

노을이 붉게 물들면
무얼 하나?

함께 바라볼 그 님은

지금 내 곁에 없는데

회색 구름이
해님을 가리고
비를 뿌려 준들

무슨 소용이랴
젖은 내 머리에

우산을 씌워 줄 님은
오래전에 이미
나를 떠나갔는데

애타게 기다리던
하얀 눈이 소복이

쌓이면 무얼 하나
함께가 아닌
나 혼자서

쓸쓸히 발자욱을
남겨야만 하는데

바람이 간절한

내 마음을 님께 실어다
준다면

꼭 하고 싶은 말은
보고 싶다는
그 한마디

확인과 확신

확신이 없다면
함부로 맺지 말고
확신으로 맺었다면
굳이 확인하려 하지 마라

확인하려는 그 순간
확신은 불신이 되나니
믿음을 확인하려는 어리석음이
신뢰의 돌탑을 무너지게 한다네

신뢰의 돌탑은
쌓을 땐 세월이란 돌로 쌓지만
쓰러질 땐 한 번의 불신이면 충분한 것
그대 의심의 불씨에
결코 풀무질을 하지 마라

내일 태양이 뜨는 걸
확신하지 못해
오늘 확인하려는 자는
영원히 내일의 태양을 보지 못한다
내일이 되면 또다시 내일의 태양을 보려 할 테니

이정표

길가의 이정표
여행자의 눈
방랑자의 길잡이
인생의 이정표라 불리기도

내 길은 생각이 많은 길
여행의 이정표가 넘 많아
수십 개의 이정표에서
나의 길을 선택하는 길

여행은 목적이 없는 길
발길 가는 대로 가는 곳
발길 따라 터벅터벅
가기만 하면 되는 길인데

길 속에서

인생을 찾고 삶을 논하고
혼자만의 다가올 미래를
꿈꾸며
현실의 비타민이자
희망의 길로

길은
그냥 길인데

발길 닿는 곳
그 길은 이정표가 없는 길

인생길에

인생길에
단 한 번만이라도
이거다 싶을 때가 있었던가
있었다면
진정 사랑해 본 적도
남을 위해 희생했던 적이 있었던가

이것도
저것도 아니라면
뚜렷한 족적 하나 남기지 못하고

덧없이
흘러 보낸 세월일 것이다

만약에 발자취를 따라
다시 걸을 수 있다면

헛된 꿈
화려한 인생길보다
소박하고 순탄한 꿈을 꾸리라

많고 적고
높고 낮음을 떠나
욕심만 부리지 않는다면

인생길에
가치 있는 삶이 아니라고
어느 누가 감히
부정할 수가 있을까

그대

노을이고 싶어요
님 마음 따라
붉은 물감 들이는

산이 되고 싶어요
님 가슴 속에
깊이 안기는

안개이고 싶어요
아침마다
님 가슴 피어오르는

그림자이고 싶어요
당신 따라
영원한 분신으로

난 개똥벌레

하루를 또 약속하게
내려놓으려 하거들랑
기다리는 나를 애달피 봐
아직은 기다려 주오

길을 몰라 못 오는 사랑이라면
내리는 비의 길 따라
그와 함께 오도록
기다리는 날 애달피 봐
아직은 기다려 줘요

그는 애틋한 기다림에도
메마른 대지에 눈길 하나
주지 않는 매정함이
짝사랑의 슬픔이려나
오늘도 애가 타

하루를 까맣게 태워 버렸다

별처럼 반짝이고
그 달빛 되어 길
나서 보는 난
개똥벌레

내 말 들어 보소 사람들아

세월에 얹어 가는 사람들아
어디까지 갈 거나
그기서 무얼 주으려
헤매는가
자갈밭에 자갈 주워 봐야 자갈인 걸
꽃 피면 새 울거늘
꽃 진다 한탄 말거라 때 되면 해 진다

여지껏 잘 놀았으니
미련 남을 일 없지 않는가
좀 더 산들 좀 덜 산들
뭐이 그게 대수인가
그려진 인생 돈으로 막을 건가
욕심으로 막을 건가
다 부질없느니라
험한 세상살이도 인생이었고

잘 산 세상살이도 인생이었더라
글코 보면 잘난 인생 어디에 있더냐

다 그기가 그기인 것을
살고 보면 한 줌에 재 되느니라
새가 물고 물고기가 물어 산으로
바다로 가는 게 인생 아닌가
허무케 생각 말거라
그게 섭리요 이치인 것을

세상살이 이즈음에 고개 한번 들어 보고
남은 세월 시간 채워
소풍 날
춤추며
재미나게 살다가 가자

목 놓아 불렀더니

목 놓아 불렀더니
봄이 왔나 보다

물안개 입김으로
꽃을 피웠는가
제철인 듯 바쁘고

부드러운 바람에
얼음 녹은 물에
버들개지 발을 씻는다

따스하게 내려앉은
햇살의 자리마다
이슬에 움트인 씨앗들

연초록의 여린

나물이 되어
참기름에 세수를 하고

식탁에
올라서
상큼한 봄향기 뿌린다

그게 나였어

별빛이 빛나던 그날에
파도가 부서지던 그날에
햇살이 가득한 그날을 그리며
흐르는 눈물 참으며

힘들고 지치는 하루에
때로는 힘이 들지만
언제라도 달려와 내게 웃어 주는 너
그대가 있어 힘을 보내죠

괜찮냐 하고 묻는 그대의 안부에
웃으면서 애써 태연할 수 있지만
사실 힘들었어 하루하루
대신 눈물 지우고 인내할 뿐야

아파도 괜찮다는 말밖에

할 수 없었고

힘들면 힘들다 말해 줘
가끔씩 기대도 괜찮아
그대만 행복해 행복하기만을
그렇게 기도해

그게 나였어

그럼에도 불구하구

그럼에도 불구하구
그런데도 불구하고
너에게로 향하는 마음이
세워지지 않아

마치 고장 난 브레이크처럼
너를 향해 직진만 하네
어떡하지 어쩜 좋지
멈추는 방법을 모르겠어

온통 머릿속엔 너로 가득 차서
이젠 채우다 못해 넘쳐 나는
이 마음을 나는 어찌 다스려야 해
사랑한다고 사랑하고 있다고

소리 없는 메아리

싫은데도 자꾸 고백을 해
언제쯤이면 얼마나 기다리면
내게 메아리가 돼서 돌아와 줄라나

오늘도 나는 입가에 두 손 모아
사랑해 사랑하고 있어
메아리로 띄운다
그런데 왜 메아리는 울림으로

퍼져 나가고 귓가에
마치 니가 하는 고백처럼
되돌아와 가슴을 울려야 하는데
내 마음은 가기만 하는데

너는 메아리가 되어
답을 주지 않는 거니
그럼에도 불구하고
그런데도 불구하고

속절없는 짝사랑에 가슴은
타들어 가기만 하는데
오늘도 나는 너에게 사랑한다
소리치며 고백한다

사랑하고 있어 늘 그러하듯이
지금도 여전히 변함없이
사랑하고 있어
사랑해

설화

메마른 계절에
따스한 솜이불 가져와
옹기종기 뒤덮인
하얀 대지 위에 정 내리고

앙상하던 가지에
사랑의
꽃을 피웠네

어둠에 피었다가
햇살 꾸지람에
눈물 짓고

거센 바람 질투에 날려
흔적 없이 사라진데도

당신의 가슴에
따스한 정은
남기고 떠나리

눈보라로 흩어진데도
언젠가는 마주할 그대
생각에
기꺼이 웃으며
그대를 기억할게요

당신의 마음

칼바람이
몰아치는 밤이면

마음의
차양막이 흔들려
시간의 가로등 길을
서성입니다

해일처럼 밀려오는
지난날의 초상

기억의 언저리마다
웃자란 그리움들

마르지 않는
사랑보다도

간절하게 보고 싶었다고

여기가
이승 끝일지라도
목마른 만남이라서

허공에
흐트러질
꿈이었다면
시작도 아니 했을 것을

날마다
부르는 것 같아

잠들면
눈물이 흐를까 봐
이 밤도 가로등 길 걸어 봅니다

님에게 보내는 마음

내 영혼이 떠나
그대의 영혼을 만나는 날
아름다운 내 시간은
님의 시간과 다르지 않겠지요

님이여
아침 햇살을 반기며 일어나고
하루 시작을 향기로운
커피와 함께

님의 영혼과 눈동자 속에 늘
함께이고 싶습니다

발길 닿는 곳마다
내가 없으면 노심초사
방황하지 말고

님의 등 뒤 그림자로
함께 있다는 걸
항상 잊지 마시고

비가 오나
눈이 오나 태풍이 불어도
그대의 그림자를 벗어나진
않겠습니다

내가 손짓할 때엔
님을 보고 싶어 찾는 몸짓이오니
그럴 땐 종종걸음으로
내 곁으로 와주세요

가슴이 뛰어야 님을 향한
설레임 속에 토담토담
행복을 나누지요

이 세월 인연이 있다면
님의 삶 속에 내 이름 새겨 놓고
싶습니다

끝자락에서

저녁이
나뭇가지에 앉아
수군거리는 12월

올 한 해
세월을 건너오는 동안
흔적을 같이한 생각이
늘 상념에 젖어
몸을 추슬러 봅니다

옷깃을 스치는 찬바람을
다독여 하나의 기억을
안으려 해도 흘러온
강물은 저 넓은 바다로
서둘러
떠나려고만

합니다

오가는 이 없고
내리는 객도 없는데
나만 여기 서성이며
두 손 마주하고
지나온 날보다 살아갈 날들이
더 행복하기를 기원해 봅니다

중년의 소리 없는 목소리로

노을

하루를 품고 가는 홍조 띤
님의 얼굴이여
그대는 걱정의 삶이었다

산등선 깊은 계곡 품고는
해풍에 흩날리듯 수평선 위
푸른 파도 너울 초연히
빛나고 있다

하룻밤 꿈속에서의 조우
아름답게 사랑을 했고
후회 없이 행복했었지

스산한 안개 어둠 걷히고
여명의 새벽 등불 밝힐 적
또 다른 석양의 재회 꿈꾸며
삶의 희망을 노래하리

비가 내리면

마음이 내립니다
그리움 담은 내 마음이
내리는 지금입니다

그대가 내립니다
빗줄기에 그대가 함께
내립니다

내 마음 닮은 그대 마음을
닮은
비가 내리면

내리는 빗줄기에 그대가 보여
하염없이 내리는 빗줄기를
바라봅니다

가만히 손을 내밀어
당신을 느껴 봅니다

내 손에 잡히는 빗물이
그대인 것 같아서

그대인 양 그대인 양
빗물에 손을 적셔 봅니다

사랑은

그 한 사람의
단점을
그 사람의 가장 좋은
장점이 되게
도와주는 것이다
사리 분별력을
알면서도
지적해 주는 것이
아니라
알면서도 모르는 척
눈감아 주는 것이다
사랑은 타협이 아니라
양보이며
잘못된
지향점으로 가는 것을
바로
잡아 주는 것이다

그런 거지 뭐

바람이
지난다 아쉬워 말자
잠시라도 행복했으니
바람이야 제 모습대로 가는 것이고
붙잡고 싶은 마음이 욕심 아니겠나

바람은
왔을 때처럼
불쑥 떠나갈 테지만
눈물은 숨기자
동그란 별 어디로 가든지
언제고 만나지 않겠나

부르르
얼굴 붉히던 나뭇잎 지듯
며칠 앓다
잊어버리면 되지 않겠나

그래도
그리움이 쌓이면
바람 부는 날에
서둘러
창을 열고
기다려 보면 되지 않겠나

바람 지나고
쉼 없이 내리는 비에 숨어
한바탕 울어나 보면 되지 않겠나

가난과 행복

삼복 더위에도 저소득층에게는
찬바람이 불고 갈수록 무거워지는 삶의
무게에 눌려 어깨가 축 처지고
허기가 굽은 모습은 먼 산을 이룬다

풀잎 위 발자국 새기며 살아온 세월이
힘든 인생길의 고난이 아니던가
가난 속에 행복은 진한 향기로 다가오고
부자는 부자일수록 행복이 멀리 간다

마음이 괴롭고 힘든 자들아
삶이 힘들 때 울지 않고 웃는 것이 복이 있나니
희망의 푸른 바다를 향해 가다 보면
꿈 많은 내 인생은 보잘것없이 흘러가는 것이다

가난을 잊어버리고 살다 보면 행복이 온다

가난과 함께 가야 할 운명이라면
헛웃음 지으며 이렇게 살다 가면
그것이 행복이 아니던가

하늘에서 떨어지는 말

나도 모를 내 마음들이
하늘에서 비가 내리듯
내리고 있습니다
사랑의 말들이 쏟아지는 하늘이
참 신기하기도 하지요
나도 모를 내 마음들을
어찌 그리 잘 알고 내리는지요
오늘도 비가 오듯
사랑의 말들이 내리고 있습니다

진정 한 사람을 마음에 담는다는 것은

한 사람을 사랑하여
그
한 사람을 마음에 담는다는 것은
자기 자신을 비워 내는 일이기에

한 사람을 사랑하여
한 사람을 마음에 담는다는 것은
결코 쉽지 않은 일이다

온전히 나를 비워 내야만
비로소
그 비워 낸 마음 안에
누군가를 담을 수 있는 것이다

그대여
그대들이시여

진정 누군가를 사랑한다면
우선 그대 자신의 마음부터
비워 내야 할 것이다

비우고 비워 낸 뒤
밝고 맑은 순결한 마음 안에
그 한 사람
진정 사랑하는 한 사람의 마음으로
채워 넣어야 할 것이다

누군가를 사랑한다는 것은
진정 어려운 일이기에

마음을 비우고
참에 참마음으로 다가서야 하리라

하나이자 마지막 사랑

사는 동안
수없이 많은 사람을 만나고
또 헤어지지만
당신과 이토록 애틋하고
아름다운 사랑을 하게 될 줄은
미처 몰랐습니다

한 사람의 영혼을 내 안에
담는 것이
얼마나 가슴 벅찬 행복인지
당신을 사랑하면서
비로소 깨닫게 되는군요

참사랑은
사랑하는 사람의 행복을 위해
자신의 욕심은

기꺼이 버릴 줄도 알아야 하고
깊은 배려와 신뢰가 자리해야 하며
바라보고 지켜 주는 것만으로도
아름답고 고귀한 사랑임을 느낍니다
부족한 것 많고
보잘것없는 나를
사랑해 줘서 고마워요
당신의 행복을 위해
늘 마음으로
기도하고 소중히 지켜줄게요
당신은 내 생애의 가장 아름다운
단 하나이자
마지막 사랑입니다

힘이 되어 주는 하루

진정으로 필요한
사람이란
무엇인가를
해주는 사람보다는
늘 함께해 주며
늘 지켜봐 주며

넘어지고 지치고
힘들어할 때
손잡아 주며
일으켜 주며 포근하게
안아 주는 사람이다

오늘이
힘들고 지친다면
주위를 둘러보라

같이해 주는 이가
있을 것이며
같이해 주고 싶은
이가 있을 것이다

오늘 하루
함께하는 하루
힘이 되고
힘이 되어 주는
하루가 되자

누가 묻거든

얘야
묻지 말거라
인생을 알려면
세월에게 물어보렴

얘야
묻지 말거라
그걸 알려고
사계절을 살아 봤는데
다시 오는 계절은
또 다른 대답을 가져다주는구나
해마다 같은 꽃이 피고
해마다 같은 바람이 불고
해마다 같은 비가 오는데
나이가 들수록
다른 느낌으로 다가오니

내가 정답을 말해 줄 수가 없구나

얘야
묻지 말거라
배운 게 있다면
수학 공식은 알려 줄 수 있겠고
들은 게 있다면
아는 것은 가르쳐 줄 수 있으나
인생만큼은
내가 가르쳐 줄 게 없구나
똑같은 사람이라면
내 너에게 내가
실패한 것을 말해 줄 수 있으나
사람은
저마다 달라서
보고
느끼는 것이 다르니

얘야
묻지 말거라
그저 세월에 가끔 힘들면
해님에게 물어서
방긋이 웃는 법을 배우고
그저 가슴이 아플 땐

살포시 내리는 빗물한테 배우고
고통을 잊고 싶을 땐
휘익 하고 지나가는 바람에게 배워서
그렇게 세상을 살아가렴
혹시나
누가 묻거든
온 세상이 선생님이니
자연에게 배웠다고 전해 주렴

가을남자 가을여자 왜

가을이 오면
가을 여자는 혼자 어디론가 떠나고 싶어 하고
가을 남자는 곁에 누군가가 있어 주길 원한다

가을 여자는 혼자 떠난 여행길에서
여자의 인생을 되돌아보며
자신을 옥죄는 결박에서 벗어나
어디론가 깊숙이 숨겠노라 다짐하지만

그건 늘 꿈꾸는 일상의 희망사항일 뿐
숨죽였던 생명들이 소생하는 새벽이 오면
원래의 자리로 되돌아가는
첫차를 탄다

가을 남자는
어느 후미진 골목 선술집에서

단풍 곱게 물든 어느 해 가을
산기슭에 흘렸던 장미의 눈물을 기억하며
마음의 지도를 꺼내 놓고
추억을 더듬어 가지만

가냘픈 신음 소리만 귓가에 맴돌 뿐
회상할수록 장미의 모습은
흐릿하게 멀어져 간다

혼자 술 마시는 가을 남자는
그래서 더 쓸쓸하다

가을 여자가
가을 남자가
왜 그러는데?
가을이면 앓는 병
가을에는 다 그럴까?

밤은 나의 보금자리

잠자리 드셨나요

하루 지워 내고 맨 얼굴
세면대에 지워 내는 시간
힘듦도 같이 지우세요

오늘 고달퍼야
내일의 기쁨이

오롯이 찾아갈 여정
오롯이 남겨질 인생
지펴 낼 살 이는 흔적

나를 보살펴
나를 키우자

깊어갈 밤에 그렇게
이쁘게 지울 오늘은
채워 갈 내일입니다

미소로 열어 미소로 닫은
하루의 정념 그래요 사랑
그리하셨으니 행복충전
그리하시게요

당신의 희망

기척 없는 집에서도
말 없는 차 한잔 속에서도
당신의 등불은 밝기만 합니다

비가 오면 비가 내리는 대로
눈이 오면 눈이 내리는 대로
그렇게 맑게만 보입니다

이른 아침 눈가에 눈곱이
내려앉아
자욱한 안개처럼 희뿌옇게
보이지만
내 눈은 당신을 바라볼 때
촉촉이 적신
하늘의 영롱한 넓은
사랑입니다

어느덧 중년의 언덕에 올라
당신의 등불 약해질지라도
내 남은 등불 심지 태워
당신에게 드립니다

지금까지 나에게
당신의 등불 비춰 주고
모진 굴레 이겨 냈으니
내 등불 내주어도
당신에겐 한없이
부족하기만 합니다

추웠던 겨우살이도
이제 당신의 등불에
물러갑니다 스슨한 봄날을
맞기 위해

호들갑

봄이 오는갑다
여기저기서
아우성이다
바람길이 비좁다

내가 먼저 네가 먼저
새싹들 산고가 심하다
말 못 한 식물인들
얼마나 아프랴
단단한 길가의 흙을
뚫고 나오려니
죽을 힘을 다했을 것이다
이렇듯 생명은 위대하다

봄이 온다고
남쪽 바람의 전령이

바쁘단다 서울에도
다음 주에 도착할 것 같다
오든지 말든지

간섭하지 않아도
지들이 알아서 하는
일들이다 우리는 비가
안 오면 물이나 주는 일이다

그러면 새싹들이
빵긋빵긋 웃으며 춤을
출 테니까 어서 와 봄아

바램

나 움직임에
당신의 마음 흔들려

달그림자
별그림자
내 마음 쓸고 지나가
밥 한번 먹자
술 한잔 하자 소리에

호랑이 만난 듯
토끼 같은 당신
나는 어이하라고

별빛이
달빛이
물 위를 복사하지만

내 마음 움직임에
흔적조차 없으니

이 모두가
허상인 듯하나

바램으로
기다리고 기다려 보는
오늘이면 좋으련만

미워한다는 건

가슴 시리도록
사랑했던 사람을
미워한다는 건
진정으로 그가
미워서가 아니라
잊기 위한 준비를
하는 까닭입니다
그 사람이 지금
어떻게 지내는지
궁금하면서도
절절하고 애틋한
그리움에 목마른
메시지가 담겨져 있을
카톡을 안 열어 보는 건
그를 잊으려는
굳은 내 의지가

자칫 흔들릴까
두려운 까닭입니다
그 사랑이 진실한
사랑이었다면
일부러 미워함으로써
잊으려 한다는 건
참으로
바보 같은 생각입니다
밉지 않은 사랑을
애써 미워하려는 것은
그 사랑을 아직은
잊고 싶지 않은 생각이
가슴 한켠에
남아 있기 때문입니다

눈에서는 안 보여도

서럽게 데려가는
그런 사랑만이 진국 같은
사랑입니다
눈에서 멀어졌어도
그녀는
항상 내 가슴에
있으니까요
마음도 춥고 날씨도 싸늘하지만
오랫동안 볼 수 없었던
사람들은 흔히들
이런 말들을 합니다
눈에서 멀어지면
마음에서도 멀어진다고
물론 일리가 있는 말이겠죠
하지만 그건 눈에
보일 때만 사랑해서

그런 겁니다
눈에 보일 때는 차라리
눈을 감고 가슴으로
사랑이란
눈에서 멀어져도
마음에서 멀어지기는커녕
가슴 깊숙한 곳으로
점점 더 파고들어
영혼마저 잠을 깨우는
그런 사랑입니다
눈앞에 보일 때만 포옹하는
사랑은 깊이가 없는
인트턴트식 사랑이고
눈에서 멀어졌어도
창가에 떠올라서
나를 불면의 깊은 밤으로
그녀를 생각하며

눈물과 바꾸고 싶지 않은 사랑

당신은 저를
사랑한다고 하셨나요
당신은 아직 나의 사랑을 모릅니다

진실된 마음으로 내 가슴속
붉은 사랑에 들어오지 않았기 때문에
당신은 아무것도 모릅니다

언제나 웃으시라 하신 당신
당신 때문에 눈물뿐인 내 사랑을
당신은 정녕 안다고 생각하시나요

멀리 있는 당신이지만
나는 당신과 영상처럼 내 곁을 맴돌고 있습니다

당신으로 인해 사랑이 눈을 뜰 때면

눈물로 당신밖에 보이지 않아
나의 마음도 눈물을 흘리고

내 눈에는 당신의 생각에
성수 같은 눈물만 흐르는 사랑입니다
외치고 싶습니다

당신과 사랑은 나의 사랑을
눈물과 바꾸고 싶지
않습니다

꿈꾸는 수평선의 선

누구나 사람은 수평선의 선처럼
연을 맺고 살아가면 얼마나 좋을까

너와 나 맞닿아 경계를 이루는 그 연이
기울지 않고 평등하게 그려지는 선을

남녀는 힘에서 기울고
남녀는 미모에서 기울고
남녀는 지식에서 기울고
남녀는 역할에서 기울고
남녀는 경제력에서 기울고
남녀는 소유욕에서 기울고
남녀는 지배욕에서 기울지만

이 모든 걸 평등하게 그리는 선은
둘 마음이 하나가 된 사랑의 힘으로

굴곡진 선처럼 그리면서 살지

나도
그런 꿈을 늘 꿈꾸고 있고

오늘도
수평선의 선 위로
뜨겁게 타오르는 붉은 사랑을 보고
수평선의 선 아래로
곱게 물들어 덜어지는 붉은 살을 보면서

내 꿈이
현실이 되기를 또 그려 본다

거기 좀 봅시다

인생 뭐 있소?
심심할 때 제 글 보시면
잠깐 쉬어 가소
피곤한 일상 잠시 내려놓고
글이 형편없이
보이시면 제 머리 한번 쥐어박고
시름일랑 날려 버리소

인생 뭐 있소?
가끔은 바빠도 제 싯귀 보고
잠깐 쉬어 가소
잘 지은 싯귀는 아니지만
마음 한쪽 허전할 때
한번 읽어 보소
싯귀에 써 있으니 상상 한번 하소

인생 뭐 있소?
힘들고 지칠 때 제가 써놓은
좋은 글귀 읽어 보소
힘들고 어려워도
마음에 와닿는 글귀가 있어
벗님에게 힘이 되었으면 하오
지나다 힘들면 언제든지
쉬어 가소
별거 아닌 내 글귀에
시름 날리면 그뿐이오

인생 뭐 있소?
우리 하늘이 부를 때까지
우정 쌓으며 웃으며
같이 가 봅시다